原作《げんさく》／青木和雄《あおきかずお》　文《ぶん》／吉富多美《よしとみたみ》

ハードル

長編《ちょうへん》アニメーション映画《えいが》
「ハードル」より

アニメ版《ばん》ハードル●もくじ

有沢麗音《ありさわれおん》（レオ）

バスケ部《ぶ》のエース。たくさんの友《とも》だちにかこまれ、横浜《よこはま》に住《す》んでいたが、古川《ふるかわ》へ転校《てんこう》。そこでレオを待《ま》っていたのは……。

有沢佑樹《ありさわゆうき》

麗音《れおん》の弟《おとうと》。内気《うちき》な子《こ》だったが、古川《ふるかわ》での新《あたら》しい出会《であ》いと、麗音《れおん》の事件《じけん》を通《とお》して変《か》わっていく。

有沢正樹《ありさわまさき》

麗音《れおん》と佑樹《ゆうき》の父《ちち》。建築会社《けんちくがいしゃ》をしていたが倒産《とうさん》。人生《じんせい》をやりなおすため、一人《ひとり》横浜《よこはま》にのこり、家族《かぞく》を見《み》まもる。

有沢美音《ありさわみお》

麗音《れおん》と佑樹《ゆうき》の母親《ははおや》。自分《じぶん》のふるさとである古川《ふるかわ》には、ほとんど帰《かえ》ることがなかったが、そこで家族《かぞく》とのきずなをとりもどしていく。

大崎《おおさき》達之進《たつのしん》

友《とも》だちのいなかった佑樹《ゆうき》のはじめての親友《しんゆう》。古川《ふるかわ》の自《し》然《ぜん》のなかで、佑樹《ゆうき》との友情《ゆうじょう》をふかめていく。

大崎《おおさき》賢之介《けんのすけ》

古川《ふるかわ》で麗音《れおん》と友《とも》だちになり、佑樹《ゆうき》や光《ひかる》たちとともに、麗《れ》音《おん》の事件《じけん》に、立《た》ちむかっていく。達之進《たつのしん》の兄《あに》。

小田《おだ》良平《りょうへい》

横浜《よこはま》の麗音《れおん》の親友《しんゆう》。麗音《れおん》の事件《じけん》を聞《き》き、古川《ふるかわ》にかけつける。

北野《きたの》のおばちゃん

麗音《れおん》たちの通《かよ》う学校《がっこう》の前《まえ》にある、北野文房具店《きたのぶんぼうぐてん》をいとなむ。子《こ》どもたちから「北《きた》野《の》のおばちゃん」とよばれ、親《した》しまれている。

仁科《にしな》　光《ひかる》

横浜《よこはま》の麗音《れおん》の同級生《どうきゅうせい》。北野《きたの》のおばちゃんの孫《まご》。麗音《れおん》にほのかな思《おも》いをよせている。

レオの背中《せなか》には、つばさがある。
ぼくは、いつもそう思《おも》っていた。
自信《じしん》にみちて、かがやいているレオ……。
強《つよ》くて、やさしくて、
どんなハードルでも、かるがるとこえていく。
ぼくは、そんなレオが、ほこらしかった……。

冬《ふゆ》のセミたち

「レオ！　母《かあ》さんが、もう、おきなさいだってさ。」

佑樹《ゆうき》は、ねむっている麗音《れおん》の耳元《みみもと》で、大《おお》きな声《こえ》を出《だ》しました。

「おきないと、くすぐっちゃうぞ。」

「やめろー。たのむ、あと五分《ふん》。」

佑樹《ゆうき》のくすぐり攻撃《こうげき》に、麗音《れおん》は笑《わら》いながら、抵抗《ていこう》を続《つづ》けます。

夜《よる》おそくまで勉強《べんきょう》をしている麗音《れおん》は、毎朝《まいあさ》、ねむくてたまりませんでした。

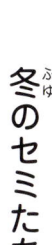

校門《こうもん》の前《まえ》にある、小《ちい》さな文具店《ぶんぐてん》には、子《こ》どもたちが『北野《きたの》のおばちゃん』とよぶ、やさしいおばあさんがいました。

「おばちゃん、おはよう。消《け》しゴム、ちょうだい。」

麗音《れおん》は、はずんだ声《こえ》でいいました。

「おはよう、いつもありがとうね。」

おばあさんから、消《け》しゴムを受《う》けとって、麗音《れおん》がお店《みせ》を出《で》ようとしたときです。同《おな》じクラスの浜田博《はまだひろし》が、店《みせ》のたなにある文房具《ぶんぼうぐ》を、ポケットに入《い》れました。

とつぜん、博《ひろし》は、全速力《ぜんそくりょく》で走《はし》りだしました。麗音《れおん》も後《あと》を追《お》いかけます。

「待《ま》てよ、浜田《はまだ》。」

どんぐり公園《こうえん》で、ようやく博《ひろし》に追《お》いついた麗音《れおん》は、こわい顔《かお》で、博《ひろし》につめよりました。

「おまえ、今《いま》、ぱくったろ。万引《まんび》きは、どろぼうなんだぞ。」

博《ひろし》は、がたがたとふるえています。青白《あおじろ》い顔《かお》で、いいました。

「もう、ぼくは、おしまいだ。」

博《ひろし》のポケットから、ノリや消《け》しゴムが、かわいた地面《じめん》に落《お》ちました。

博《ひろし》は頭《あたま》をかかえて、泣《な》きだしました。木枯《こが》らしが、散《ち》りのこった木《こ》の葉《は》をゆらします。麗音《れおん》と博《ひろし》は、ならんで、ベンチにすわりました。

「もうすぐだよね、私立中学《しりつちゅうがく》の入学《にゅうがく》試験《しけん》。考《かんが》えるだけでパニックだよ。」

博《ひろし》が、鼻水《はなみず》をすすりながらいいました。

「ぼくさ、お母《かあ》さんの命令《めいれい》で、幼稚《ようち》園《えん》から受験《じゅけん》してるんだ。でも、面接《めんせつ》のとき、先生《せんせい》の前《まえ》で、おしっこもらしちゃったんだ。笑《わら》えるでしょ。」

ひきつった声《こえ》で、博《ひろし》は笑《わら》いました。

太陽《たいよう》のあわい光《ひかり》が、ふたりをやさしくつつみます。

「ぼく、今《いま》、冬《ふゆ》のセミ状態《じょうたい》さ。セミって、暗《くら》い土《つち》の中《なか》に、五年《ねん》もいるよね。」

博《ひろし》がいうと、麗音《れおん》は大《おお》きくうなずきました。

「うんざりだね。ぼくがセミなら、外《そと》へ出《で》たくて大《おお》あばれするよ。」

「そうするとさ、母《かあ》さんゼミがいうんだよ。いい子《こ》でしょ、がんばっていい羽《はね》をつくらないと、飛《と》べないわよ、今《いま》は、がまんのときよ、って。」

博《ひろし》の口《くち》まねは、母《かあ》さんそっくりです。麗音《れおん》は、クスクス笑《わら》いました。博《ひろし》は、決《けっ》心《しん》したように立《た》ちあがると、麗音《れおん》に頭《あたま》をさげました。

「お願《ねが》いします。万引《まんび》きのこと、だれにもいわないって、約束《やくそく》してください。命《めい》令《れい》してばっかりでいやになるけど、それでも、ぼく、お母《かあ》さんをがっかりさせたくないんだ。ぼくの、一生《いっしょう》のお願《ねが》いです。」

博《ひろし》の目《め》から、涙《なみだ》がこぼれました。ぬすんだ品物《しなもの》を返《かえ》して、あやまることを条件《じょうけん》に、麗音《れおん》は、博《ひろし》のひみつを守《まも》ることを約束《やくそく》しました。

静《しず》かな夜《よる》でした。空《そら》には、まるい月《つき》がかがやいています。

大《おお》きなニレの木《き》のかげで、博《ひろし》はあたりのようすをうかがっています。

北《きた》野《の》文《ぶん》具《ぐ》店《てん》の板戸《いたど》は、きちんとしめられ、人《ひと》の気配《けはい》はありませんでした。

博《ひろし》はカバンから、紙袋《かみぶくろ》をとりだして、戸《と》の前《まえ》に置《お》きました。

「おばちゃん、ごめんなさい。」

ぴょこんと頭《あたま》をさげると、足音《あしおと》をしのばせて、かけだしました。まるい月《つき》が、博《ひろし》の背中《せなか》を追《お》いかけます。

犯人《はんにん》はだれだ

チチ、チ。

ニレの木《き》の枝《えだ》で、小鳥《ことり》が鳴《な》いています。北野《きたの》のおばあさんが、戸《と》をあけました。店先《みせさき》に、紙袋《かみぶくろ》が置《お》いてあります。

「あら、だれかのわすれ物《もの》かしら。」

紙袋《かみぶくろ》を持《も》ちあげて、おばあさんがひとりごとをいっていると、教頭先生《きょうとうせんせい》が通《とお》りかかりました。

「おはようございます。先生《せんせい》、これ、落《お》とし物《もの》のようですよ。」

「文房具《ぶんぼうぐ》と手紙《てがみ》が入《はい》っていますね。『おばちゃんへ』とありますよ。」

教頭先生《きょうとうせんせい》は、手紙《てがみ》をとりだして、おばあさんにわたしました。おばあさんは悲《かな》しそうに、首《くび》をふりました。

「わたし、よく、見《み》えないんですよ。読《よ》んでいただけませんか。」

「いいですよ。えーと。」

教頭先生《きょうとうせんせい》の顔《かお》は、青《あお》くなりました。

「なんだ、これは。大変《たいへん》だ、北野《きたの》さん、これ、あずかりますよ。」

教頭先生《きょうとうせんせい》は、手紙《てがみ》を手《て》に、あわてて学校《がっこう》へと走《はし》りさりました。

「お店《みせ》の品物《しなもの》をぬすんだので、返《かえ》します。もう、しませんのでゆるしてください。六年《ねん》・冬《ふゆ》のセミより。」

体育館《たいいくかん》に集《あつ》まった六年生《ねんせい》の前《まえ》で、教頭先生《きょうとうせんせい》は、手紙《てがみ》を読《よ》みあげました。

「この手紙《てがみ》を書《か》いたのはだれだ。手《て》をあげて、前《まえ》に出《で》てきなさい。」

教頭先生《きょうとうせんせい》の大《おお》きな声《こえ》が、体育館《たいいくかん》のすみずみまで、ひびきわたりました。

「正直《しょうじき》にいわないなら、きびしい処《しょ》分《ぶん》をしますよ。いいですね。」

博《ひろし》の体《からだ》が、がたがたとふるえています。

教室《きょうしつ》にもどると、担任《たんにん》の中川先生《なかがわせんせい》がいいました。

「さあ、みんな目《め》をとじて。冬《ふゆ》のセミは手《て》をあげてくれないかな。」

どうしても、犯人《はんにん》をさがす気《き》のようです。大変《たいへん》なことになってしまったと、博《ひろし》も麗音《れおん》も思《おも》いました。

博《ひろし》の手《て》が、肩《かた》まであがりました。

「どうしたんだ、浜田《はまだ》？　顔色《かおいろ》が悪《わる》いぞ。」

「あ、あのう、ぼく、おなかがいたくて……。早退《そうたい》してもいいですか。」

思《おも》わず、博《ひろし》は、うそをつきました。

「浜田《はまだ》はだいじな時期《じき》だもんな。早《はや》く帰《かえ》って休《やす》みなさい。」

中川先生《なかがわせんせい》は、心配《しんぱい》そうです。博《ひろし》は、さっさと教室《きょうしつ》を出《で》ていきました。

（おばちゃんに、ちゃんとあやまればよかったのに……。変《へん》ににげるから、よけい、ややこしくなったよ。）

自分《じぶん》を冬《ふゆ》のセミにたとえる博《ひろし》が、麗音《れおん》には、あわれに思《おも》えました。

その夜《よる》、はげしい雨《あめ》の音《おと》にまじって、電話《でんわ》のコール音《おん》が鳴《な》りました。

麗音《れおん》が受話器《じゅわき》をとると、博《ひろし》が、暗《くら》い声《こえ》でいいました。

「有沢《ありさわ》くんさ、だれにもいわないって約束《やくそく》したよね。おぼえてる？」

麗音《れおん》は、いらだちました。

「どうする気《き》だよ。自分《じぶん》のやったことなんだから、責任《せきにん》とれよな。」

「うるさいな。ぼくは、約束《やくそく》をやぶったかどうかを聞《き》いてるんだよ。」

博《ひろし》は声《こえ》をはりあげます。

「約束《やくそく》だから、いってないよ。」

「やっぱりね。正義《せいぎ》の味方《みかた》、有沢《ありさわ》くんだもの、そうだろうと思《おも》ったよ。」

麗音《れおん》をからかうようにいうと、博《ひろし》は、ガチャンと電話《でんわ》を切《き》りました。

しくまれたわな

翌朝《よくあさ》、登校《とうこう》した麗音《れおん》を、教頭先生《きょうとうせんせい》と中川先生《なかがわせんせい》が待《ま》っていました。

「冬《ふゆ》のセミは、きみなんだね。」

とつぜん教頭先生《きょうとうせんせい》にいわれました。

「えっ、ぼくじゃないです。」

おどろいた麗音《れおん》は、あわてて否定《ひてい》しました。

「うそをいうんじゃない！」

教頭先生《きょうとうせんせい》は、こわい顔《かお》で、にらみました。麗音《れおん》の胸《むね》に、黒《くろ》い雲《くも》がひろがりました。

指《ゆび》で、メガネをおしあげながら、中川先生《なかがわせんせい》がいいました。

「北野《きたの》さんの店《みせ》で、きみが文房具《ぶんぼうぐ》をぬすむのを見《み》た子《こ》がいるんだ。」

思《おも》いがけない展開《てんかい》に、麗音《れおん》の頭《あたま》は、まっ白《しろ》になりました。

「ゆうべ、電話《でんわ》があったんだよ。きみを信《しん》じていたのに、残念《ざんねん》だよ。」

そういって、中川先生《なかがわせんせい》は、太《ふと》いまゆをよせました。

（くそっ、浜田《はまだ》に、はめられた！）

博《ひろし》への怒《いか》りが、こみあげてきます。

麗音《れおん》は、こぶしをふるわせました。

郵便はがき

111-0056

恐れ入りますが、切手をおはりください。

東京都台東区小島1-4-3

金の星社

青木和雄ファンクラブ係

〒□□□-□□□□

ご住所

ふりがな お名前		性別　男・女 年齢　　歳
TEL　（　　）	ご職業	
e-mail		

★当社の本のご購入希望がありましたら、下記をご利用下さい。

書名	定価　円	冊
書名	定価　円	冊
書名	定価　円	冊
書名	定価　円	冊

1週間以内にお届けいたします。送料は冊数にかかわらず380円（税込）です。
本の代金と送料はお届けのときにお支払いください。

アニメ版で“映画の感動”をもう一度！

小学校中学年から

アニメ版

ハードル

青木和雄・原作／吉富多美・文

スケ部のエース麗音(レオン)は、転校先
いじめの的にされ、階段から転落してし
う。波風がたつのをおそれて真実を隠そ
とする大人たちに対し、子どもたちは…。

〈94ページ〉　定価1,260円（本体1,200円）

アニメ版

ハッピーバースデー

青木和雄・原作／吉富多美・文

「生まなければよかった」という母親の言葉で声を失ったあすか。しかし、祖父母の強い愛情や親友との出会いによって、自分らしく生きることを決意し…。

〈94ページ〉　定価1,260円（本体1,200円）

大切なのは、自分の翼で羽ばたくこと

リトル・ウイング

吉富多美・作／こばやしゆきこ・絵
青木和雄・アドバイザー

小学校中学年から　〈174ページ〉　定価1,260円（本体1,200円）

本を読んだり空想することが好きな少女・苺を両親は温かく見守っていた。一方、親友の真実は両親から何でも一番になることを求められ…。

「中川先生《なかがわせんせい》、もっときびしい指導《しどう》が必要《ひつよう》のようですね。」

教頭先生《きょうとうせんせい》が、苦《にが》い顔《かお》でいいました。

「ぼくじゃない……。信《しん》じて……。」

涙《なみだ》ぐみながら、麗音《れおん》は、中川先生《なかがわせんせい》にうったえました。

「まだ、うそをいうのか！」

ドンと机《つくえ》をたたいて、教頭先生《きょうとうせんせい》がどなりました。麗音《れおん》は、思《おも》わず、身《み》をちぢませました。

そのとき、相談室《そうだんしつ》に母《かあ》さんが入《はい》ってきて、いきなり頭《あたま》をさげていいました。

「もうしわけありません。受験《じゅけん》をひかえて、ストレスがたまったんだと思《おも》います。おゆるしください。」

麗音《れおん》は、大《おお》きく首《くび》をふりました。

「ちがうよ、母《かあ》さん。ぼくはやってないんだ。あやまらないでよ！」

母《かあ》さんは、麗音《れおん》のほうを見《み》ようともしません。

「北野《きたの》さんには、お金《かね》をお送《おく》りいたしました。もう、問題《もんだい》はありませんよね？　帰《かえ》りましょ、麗音《れおん》。」

母《かあ》さんの迫力《はくりょく》におされて、教頭先《きょうとうせん》生《せい》は、口《くち》をぽかんとあけています。

「待《ま》ってください。まだ、話《はなし》がすんでいません。有沢《ありさわ》くんの話《はなし》も……。」

中川先生《なかがわせんせい》は、ひきとめようとしましたが、母《かあ》さんはひるみません。

「大事《だいじ》な受験《じゅけん》をひかえているんです。動揺《どうよう》させたくないんですよ。」

そういって、母《かあ》さんは、麗音《れおん》を相《そう》談室《だんしつ》の外《そと》へおしだしました。

うれしいスクラム

「ぼくは、やってないんだ！」

麗音《れおん》がさけんでも、母《かあ》さんは、いそがしそうに、キッチンを動《うご》きまわるだけです。夕食《ゆうしょく》のシチューのコトコト煮《に》える音《おと》がします。

「すんだことはわすれて、勉強《べんきょう》しなさい。試験《しけん》はもうすぐよ。」

母《かあ》さんは笑顔《えがお》でいいました。麗音《れおん》の悲《かな》しい叫《さけ》びは、かんたんにはじかれてしまいました。麗音《れおん》は悲《かな》しくて、胸《むね》がはりさけそうでした。

「母《かあ》さんは、ぼくが、どんな人間《にんげん》なのか、ぜんぜん興味《きょうみ》がないんだね。」

涙《なみだ》が、こみあげてきます。

「なんで、あやまったんだよ。ぼくを信《しん》じて、一緒《いっしょ》にたたかってほしかったのに。」

泣《な》きながら、麗音《れおん》はさけびました。

「だって……、だって……、ぼくの母《かあ》さんだろ。」

「いいかげんにしなさい。時間《じかん》がないのよ、わかってるの!」

母《かあ》さんの手《て》が、バシンと麗音《れおん》のほおを打《う》ちました。

冷《つめ》たい雨《あめ》が、窓《まど》をうちます。

「レオ、遅刻《ちこく》しちゃうよ。」

佑樹《ゆうき》は、元気《げんき》のない麗音《れおん》が心配《しんぱい》でなりません。

「学校《がっこう》へはいけないよ。ぼくは、どろぼうで、うそつきなんだ。みんな、あきれてるよ、きっと。」

クラスの友《とも》だちのことを考《かんが》えると、麗音《れおん》の目《め》に、涙《なみだ》があふれてきます。

窓《まど》ガラスに、コツンと小石《こいし》があたりました。佑樹《ゆうき》が、窓《まど》をあけて見《み》おろすと、家《いえ》の前《まえ》で、赤《あか》いカサや青《あお》いカサが、たくさんゆれています。

「レオ、レオ、早《はや》くきて！」

佑樹《ゆうき》がこうふんしてさけびました。

麗音《れおん》が窓《まど》をのぞくと、黄色《きいろ》いカサが大《おお》きくゆれて、光《ひかる》が手《て》をふりました。

「レオ、おっはよう！　一緒《いっしょ》に登校《とうこう》しようよ！」

「レオがくるまで、いつまでも待《ま》ってるぞ。早《はや》くこいよ！」

良平《りょうへい》が、太《ふと》い声《こえ》でいいました。

みんなの思《おも》いがうれしくて、麗音《れおん》は胸《むね》があつくなりました。

カサをつらねて登校《とうこう》すると、教室《きょうしつ》の前《まえ》で中川先生《なかがわせんせい》が待《ま》っていました。

「何《なに》をしているんだ！　遅刻《ちこく》だぞ。」

どなる中川先生《なかがわせんせい》を、良平《りょうへい》はにらみました。

「先生《せんせい》さ、レオのどこを見《み》てたんだよ。レオがどろぼうするようなやつじゃないって、わかんなかったの。」

中川先生《なかがわせんせい》は、何《なに》も答《こた》えられません。

「担任《たんにん》の中川先生《なかがわせんせい》が、レオを守《まも》らないでどうすんだよ。もう、おれ、先《せん》生《せい》のいうこと、信《しん》じないからね。」

良平《りょうへい》に賛成《さんせい》するように、みんなの頭《あたま》が、大《おお》きく上下《じょうげ》にゆれます。光《ひかる》が歩《あゆ》みでていいました。

「先生《せんせい》。わたしたち、レオを信《しん》じます。六の一のスクラムは、レオを守《まも》ります。」

そうだ、ぜったいだよ、と口《くち》ぐちに、みんなはいいました。

麗音《れおん》は、涙《なみだ》がこぼれそうでした。いくつもの手《て》が、麗音《れおん》の背中《せなか》を、やさしくなでました。

「けどな、きみたち……。」

目撃者《もくげきしゃ》がいる、そういいかけて、中川先生《なかがわせんせい》は、ハッとしました。

みんなの心《こころ》の中《なか》には、クラス目標《もくひょう》がしっかりと根《ね》づいていたのです。

『自分《じぶん》の目《め》で見《み》よう。自分《じぶん》の心《こころ》で感《かん》じよう。信《しん》じられるもののために、勇気《ゆうき》を出《だ》して行動《こうどう》しよう』。

中川先生《なかがわせんせい》は、本当《ほんとう》の麗音《れおん》を見《み》ていませんでした。「ぼくを信《しん》じて」という麗音《れおん》の悲《かな》しい叫《さけ》びを、無視《むし》したのです。

(ぼくは、何《なに》も見《み》ていなかった。何《なに》も感《かん》じようとしていなかった……。)

中川先生《なかがわせんせい》は、両手《りょうて》で顔《かお》をおおいました。

天知《てんし》る、地知《ちし》る

ニレの葉《は》が、パラパラと屋根《やね》に落《お》ちました。

北野文具店《きたのぶんぐてん》の居間《いま》から、甘《あま》いにおいが、流《なが》れてきます。

「おばあちゃんのつくったおしるこ、おいしいでしょ。」

光《ひかる》が、いいました。

「うん、すっごく。」

麗音《れおん》と佑樹《ゆうき》が、同時《どうじ》に答《こた》えました。

良平《りょうへい》は、口《くち》のまわりを、あんこだらけにしています。

「北野《きたの》さん、お願《ねが》いがあります！」

店《みせ》のほうから、中川先生《なかがわせんせい》の声《こえ》がしました。麗音《れおん》と良平《りょうへい》と光《ひかる》は、顔《かお》を見《み》あわせました。

居間《いま》に入《はい》ってきた中川先生《なかがわせんせい》は、いきおいこんでいいました。

「北野《きたの》さん。あの日《ひ》、店《みせ》にいた子《こ》の名前《なまえ》を教《おし》えてください。有沢《ありさわ》くんの無実《むじつ》を証明《しょうめい》したいんです。」

良平《りょうへい》も、身《み》をのりだします。

「そうだよ、レオをわなにかけたやつ、このままにはしておけないよ。」

光《ひかる》も大《おお》きくうなずきました。

おばあさんは静《しず》かにほほえんで、中川先生《なかがわせんせい》を見《み》ました。

「わたしが、あの子《こ》かもしれないといったら、どうするんですかねえ。」

「すぐによびだして、指導《しどう》します。」

すかさず、中川先生《なかがわせんせい》がいいました。

「あらあら。また、同《おな》じまちがいを、くりかえすつもりなんですか。」

あきれたように、おばあさんはまゆをひそめました。中川先生《なかがわせんせい》は大《おお》きな体《からだ》をまるめて、うなだれました。

「わたしね、七歳《さい》のとき、おはじきを、ぬすんだことがあるの。」

おばあさんは、遠《とお》くを見《み》るように、目《め》を細《ほそ》めていいました。

まずしい女《おんな》の子《こ》には、きらきら光《ひか》るおはじきは、あこがれでした。だれもいない店《みせ》で、女《おんな》の子《こ》は、おはじきをぬすんでしまいます。

山道《やまみち》まできて、おはじきをとりだしたときでした。

「こらあ、ぬすみはいかんぞー。」

大《おお》きな声《こえ》がしました。てんぐのお面《めん》をかぶった、店《みせ》のおじいさんです。

「わしは、てんぐじゃ。」

そう、おじいさんはいいました。

「自分《じぶん》のおこないを、だれも知《し》らんと思《おも》ったら、いかん。お陽《ひ》さまが、ちゃあんと見《み》とるぞ。」

女《おんな》の子《こ》は、空《そら》を見《み》あげました。たしかに、太陽《たいよう》がじっと見《み》ています。

「おまえの立《た》っている地面《じめん》もな、おまえのことを、ちゃあんと見《み》とる。」

女《おんな》の子《こ》は、よごれた足元《あしもと》を見《み》ました。たしかに地面《じめん》が見《み》ています。

女《おんな》の子《こ》は、おそろしさにふるえました。

「おまえの心《こころ》は、もっとよく見《み》ておるぞ。悪《わる》いおこないをしてけがされたと、おまえの心《こころ》が泣《な》いておるぞ。」

女《おんな》の子《こ》の心《こころ》はいたみ、涙《なみだ》があふれてきました。

「ごめんなさい、もう、しません。」

心《こころ》の底《そこ》から、女《おんな》の子《こ》があやまると、おじいさんは、やさしくいいました。

「わかったらええ。おはじきは、てんぐからの贈《おく》り物《もの》じゃ。」

そういって、おじいさんは、すたすたと山道《やまみち》をおりていきました。

「それからずっと、おはじきは、わたしの宝物《たからもの》よ。心《こころ》をけがさないようにと、見守《みまも》ってくれているわ。」

話《はな》しおわったおばあさんの目《め》には、涙《なみだ》がにじんでいます。おばあさんは、そっと目頭《めがしら》をおさえました。

「なんで、おじいさんは、わざわざてんぐのまねをしたのかな。」

佑樹《ゆうき》は、不思議《ふしぎ》に思《おも》いました。

「自分《じぶん》の過《あやま》ちに、自分《じぶん》で気《き》がつくようにって、考《かんが》えたんじゃないかな。」

麗音《れおん》がいうと、おばあさんは、にっこり笑《わら》って、うなずきました。

「おじいさんの目的《もくてき》は、罰《ばつ》をくだすことじゃなかったのね。正《ただ》しく生《い》きることを、教《おし》えようとしたんだね。」

光《ひかる》の説明《せつめい》を聞《き》いて、良平《りょうへい》も、ようやくわかりました。

「そうか、そういうことか。」

感心《かんしん》したように、いいました。

「てんぐのじいちゃんは、すげえな。だれかさんとは、大《おお》ちがいだぜ。」

良平《りょうへい》の言葉《ことば》に、中川先生《なかがわせんせい》は、うつむきました。女《おんな》の子《こ》だったおばあさんは、六十年間《ねんかん》、おじいさんの言葉《ことば》を大切《たいせつ》に守《まも》ってきました。

「ぼくも、そういうしかり方のできる大人《おとな》になりたいなあ。」

麗音《れおん》がいいました。良平《りょうへい》も光《ひかる》も佑樹《ゆうき》も、同《おな》じ思《おも》いでした。

「先生《せんせい》、この子《こ》たちのかがやきを、なくさないためにも、わたしたち、もっと、かしこい大人《おとな》にならないといけませんねえ。」

おばあさんがいうと、中川先生《なかがわせんせい》は頭《あたま》をかきかき、いいました。

「有沢《ありさわ》、本当《ほんとう》にごめんな。目撃者《もくげきしゃ》の話《はなし》ばかり、信《しん》じすぎたよ。」

「あいつ、冬《ふゆ》のセミを十年《ねん》もやらされてるから、大変《たいへん》なんだ。」

麗音《れおん》がぽろりともらしました。みんなはおどろいて、麗音《れおん》を見《み》ます。

「レオは、冬《ふゆ》のセミの正体《しょうたい》を、知《し》っていたのね。」

「なんで、だまってたんだよ。」

光《ひかる》と良平《りょうへい》は、ほおをふくらませて、麗音《れおん》をにらみました。

「ごめん、約束《やくそく》だったからさ。けど、ちゃんと決着《けっちゃく》はつけるよ。」

博《ひろし》と自分《じぶん》が正《ただ》しく生《い》きるために、麗音《れおん》は、ある決心《けっしん》をしました。

やわらかな羽《はね》

中学《ちゅうがく》の入学試験《にゅうがくしけん》の朝《あさ》です。

麗音《れおん》は、冷《つめ》たい空気《くうき》を、思《おも》いっきりすいこみました。心臓《しんぞう》がとびだしそうなほど、高鳴《たかな》ります。

「レオ、おそいぞー。」

試験場《しけんじょう》の前《まえ》で、良平《りょうへい》が手《て》をふっています。麗音《れおん》は、おどろきました。良平《りょうへい》は、麗音《れおん》にないしょで受験《じゅけん》の準備《じゅんび》をしていたのです。

「ディフェンスはまかせろよ。」

こっそりと良平《りょうへい》がいいました。

試験会場《しけんかいじょう》の中《なか》は、受験生《じゅけんせい》と、つきそいの保護者《ほごしゃ》でいっぱいです。

「ここなら浜田《はまだ》に会《あ》えるよな。」

良平《りょうへい》が、きょろきょろとまわりを見《み》わたしました。あれいらい、博《ひろし》の姿《すがた》は学校《がっこう》から消《き》えていました。

受験生《じゅけんせい》が二列《れつ》にならんで、移動《いどう》を始《はじ》めました。

「レオ、浜田《はまだ》だ!」

良平《りょうへい》がいいおわる前《まえ》に、麗音《れおん》は、博《ひろし》にとびかかっていました。

「浜田《はまだ》、決着《けっちゃく》をつけようぜ。」

麗音《れおん》は、博《ひろし》のほおをなぐりました。

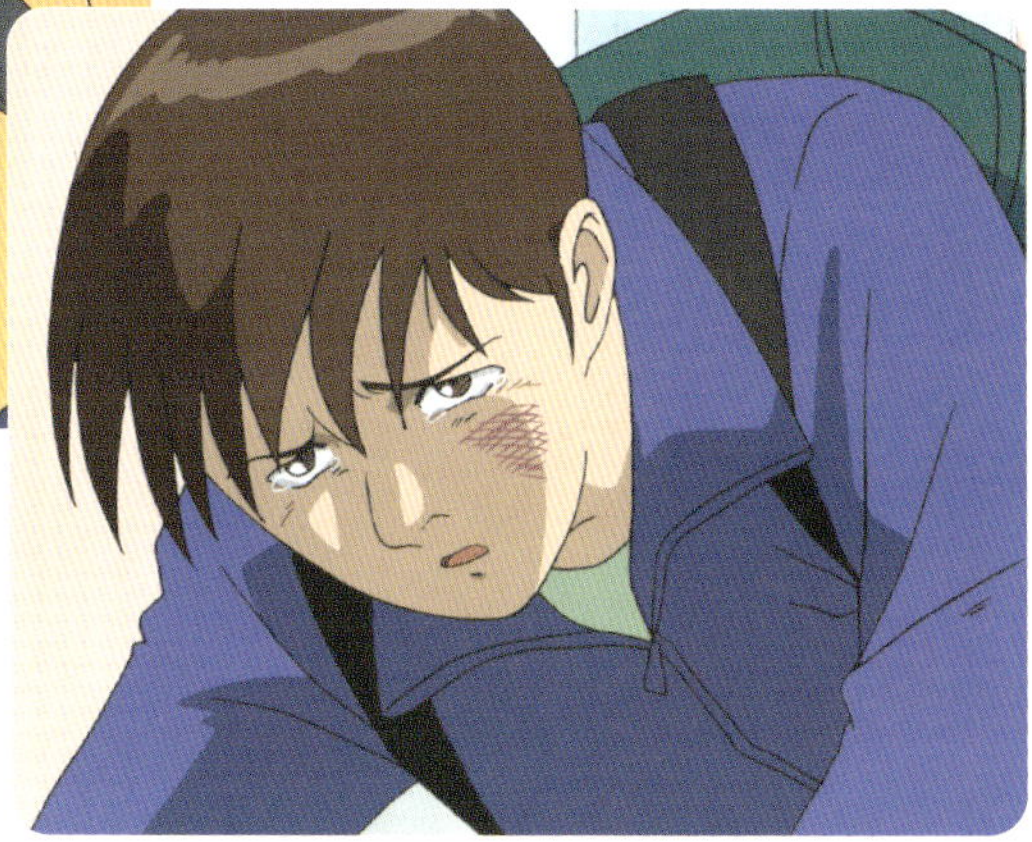

先生《せんせい》たちがとんできて、麗音《れおん》のうでをつかみました。

「ぼくが悪《わる》いんです。有沢《ありさわ》くんをしからないでください。」

博《ひろし》は、泣《な》きながら、さけびました。

連絡《れんらく》を受《う》けた中川先生《なかがわせんせい》がとんできて、ひっしにあやまってくれました。

麗音《れおん》と良平《りょうへい》は、ようやく解放《かいほう》されました。

「ああ、こしがいたい。こんなにあやまったのは、初《はじ》めてだよ。」

試験会場《しけんかいじょう》の門《もん》を出《で》ると、中川先生《なかがわせんせい》は、大《おお》きくのびをしました。

空《そら》をおおう雲《くも》が、風《かぜ》に流《なが》されていきます。

「先生《せんせい》が、おれたちのために、あんなにあやまってくれるなんて、思《おも》わなかったな。ありがとう。」

良平《りょうへい》は、うれしそうです。麗音《れおん》は、だまって、頭《あたま》をさげました。

「いいさ。てんぐのおじいさんほどじゃないけど、きみたちが正《ただ》しく生《い》きていくための手助《てだす》けができたら、ぼくはうれしいよ。」

中川先生《なかがわせんせい》は、麗音《れおん》の肩《かた》に手《て》を置《お》いていいました。

「ぼく、乱暴《らんぼう》すぎたかな。」

中学《ちゅうがく》の先生《せんせい》たちに、きびしくしかられて、麗音《れおん》は、すっかり落《お》ちこんでいます。

「まあな。でも、有沢《ありさわ》だから、あれくらいですんだのかもな。」

中川先生《なかがわせんせい》の目《め》と、良平《りょうへい》の目《め》があいました。

「おれだったら、もっと大変《たいへん》なことになったって、思《おも》ったんだろ。」

「そのとおり。」

良平《りょうへい》の問《と》いに、中川先生《なかがわせんせい》は、笑《わら》いながら答《こた》えました。

雲《くも》の間《あいだ》から、光《ひかり》がさしてきました。

「浜田《はまだ》がね、『なぐられて、やっと ほっとした』っていっていたよ。」

中川先生《なかがわせんせい》は、麗音《れおん》と良平《りょうへい》と、ならんで歩《ある》きながらいいました。

「おこりまくるお母《かあ》さんに、『まちがっていたのは、ぼくなんだ』って、泣《な》いてさけんでいたそうだ。」

「よかったな、レオ。」

良平《りょうへい》がいうと、麗音《れおん》は、にっこりと笑《わら》ってうなずきました。博《ひろし》の心《こころ》にいる『冬《ふゆ》のセミ』にも、やわらかな羽《はね》が、はえてきたようでした。

星《ほし》のかがやき

二年《ねん》がすぎて、麗音《れおん》は中学《ちゅうがく》二年《ねん》、佑樹《ゆうき》は六年生《ねんせい》になりました。

光《ひかる》と佑樹《ゆうき》は、麗音《れおん》と良平《りょうへい》のプレイに、熱《あつ》い視線《しせん》をそそいでいます。

良平《りょうへい》のディフェンスをかわして、麗音《れおん》がシュートを決《き》めました。

「すごいな。レオの背中《せなか》には、つばさがあるみたいだね。」

佑樹《ゆうき》は、本当《ほんとう》にそう思《おも》いました。

「ダンクシュート、初《はじ》めて見《み》たわ。」

光《ひかる》は、目《め》をまるくしています。

塾《じゅく》にいく時間《じかん》がきて、佑樹《ゆうき》はあわてて、坂道《さかみち》をおりていきました。

「おれ、中学《ちゅうがく》の試験《しけん》をめちゃくちゃにしたからね。母《かあ》さんの期待《きたい》が、全《ぜん》部《ぶ》、佑樹《ゆうき》にむかってるんだ。」

佑樹《ゆうき》を見《み》おくりながら、麗音《れおん》がいいました。指先《ゆびさき》で、くるくるとボールをまわします。

「今度《こんど》は佑《ゆう》ちゃんが、冬《ふゆ》のセミってわけか。」

良平《りょうへい》がいうと、

「なんだか、かわいそうね。」

光《ひかる》が、つぶやきました。

その夜《よる》のことです。父《とう》さんが、麗《れ》音《おん》の部屋《へや》にきて、いいました。

「父《とう》さんの会社《かいしゃ》、だめになったよ。」

麗音《れおん》はおどろいて、声《こえ》も出《で》ません。

「父《とう》さんの仕事《しごと》も、この家《いえ》も、何《なに》もかもなくしてしまったんだ。」

とても、つかれた声《こえ》でした。

「おまえたちのことは、古川《ふるかわ》のおばあちゃんにお願《ねが》いしたよ。」

父《とう》さんの大《おお》きな肩《かた》が、ふるえます。

「もう、いいよ、父《とう》さん。」

麗音《れおん》は、父《とう》さんのそばにいき、そっと肩《かた》に手《て》を置《お》きました。

「ごめんな、麗音《れおん》。父《とう》さんに力《ちから》がないばかりに、苦労《くろう》させてしまうな。」

となりの部屋《へや》から、母《かあ》さんの泣《な》く声《こえ》が聞《き》こえます。つらそうに、父《とう》さんは、顔《かお》をゆがめました。

「そりゃあ、母《かあ》さんだって、おどろくよ。なんで、もっと早《はや》く、話《はな》してくれなかったのかな。」

麗音《れおん》が、静《しず》かな声《こえ》でいいました。

「この家《いえ》では、いつも、大事《だいじ》なことを話《はな》しあわずにきたよね。大事《だいじ》なことにふたをして、しあわせなふりをしていたってことか。」

星《ほし》を見《み》あげて、麗音《れおん》は、深《ふか》いため息《いき》をつきました。

「父《とう》さん。これからは、つらいことも話《はな》せる家族《かぞく》にしようよ。おれもできるだけ、サポートするからさ。」

麗音《れおん》の言葉《ことば》がうれしくて、父《とう》さんの目《め》に、涙《なみだ》があふれてきました。

「おまえは、やさしいな。」

「父《とう》さんの息子《むすこ》だからね。」

笑顔《えがお》で、麗音《れおん》がいいました。父《とう》さんは、思《おも》わず、麗音《れおん》の頭《あたま》をだきしめました。父《とう》さんの心《こころ》に、希望《きぼう》と勇気《ゆうき》が、わきあがってきました。

「母《かあ》さんがね、いってたんだ。古川《ふるかわ》のおばあちゃんは、すごくこわい人《ひと》だって。だから、会《あ》いたくないって。」

そよそよと風《かぜ》がふいて、軒先《のきさき》の風鈴《ふうりん》が、チリンと鳴《な》りました。

佑樹《ゆうき》の話《はなし》を、北野《きたの》のおばあさんは、うなずきながら聞《き》いています。

「転校《てんこう》して、いじめられたら、どうしよう。ぼく、いきたくないな。」

佑樹《ゆうき》は、流《なが》れる涙《なみだ》を、こぶしでぬぐいました。

「つらくなったら、横浜《よこはま》へ帰《かえ》ってくればいいさ。ここへおいで。」

おばあさんは、にっこり笑《わら》っていいました。

「わたしのアンミツ食《た》べたら、たちまち元気《げんき》になるよ。食《た》べにおいで。」

佑樹《ゆうき》の顔《かお》に、笑《え》みがひろがりました。

「わかった。ぼく、おばちゃんの家《いえ》に帰《かえ》ってくる。待《ま》っててね。」

「はい、はい。長生《ながい》きしなきゃね。」

おばあさんは、やさしくほほえみました。

古川《ふるかわ》へ、旅立《たびだ》つ朝《あさ》がきました。新《しん》幹線《かんせん》のホームまで、父《とう》さんと良平《りょうへい》と光《ひかる》が、見送《みおく》りにきました。

「母《かあ》さんと佑樹《ゆうき》をたのむよ。一緒《いっしょ》にくらせるように、がんばるからな。」

父《とう》さんは、目《め》を赤《あか》くしています。

「むりしないで。おれも力《ちから》になれるように、何《なに》か、考《かんが》えてみるから。」

麗音《れおん》がいうと、父《とう》さんは涙《なみだ》ぐみました。佑樹《ゆうき》は、べそをかいています。

母《かあ》さんは、おこった顔《かお》のままです。一度《ど》も父《とう》さんと、言葉《ことば》をかわそうとはしませんでした。

「パスの相手《あいて》がいなくて、さびしくなるよ。」

いつも元気《げんき》な良平《りょうへい》が、さびしそうに目《め》をふせました。

光《ひかる》は、自分《じぶん》のペンダントをはずして、麗音《れおん》の首《くび》にかけました。

「レオは、ひとりでがんばりすぎるから、心配《しんぱい》だな。これは、お守《まも》りね。わたしたちがいることを、わすれないように。」

「ありがとう……。」

見《み》つめあう光《ひかる》の目《め》にも、涙《なみだ》があふれます。

新《あたら》しい友《とも》だち

「大《おお》きな家《いえ》だね。」

古川《ふるかわ》のおばあちゃんの家《いえ》の前《まえ》で、佑樹《ゆうき》は、目《め》をまるくしています。

「むかしは、ここで、お酒《さけ》をつくっていたのよ。」

母《かあ》さんが、いいました。

「おじいちゃんが生《い》きていたころは、たくさんの人《ひと》が働《はたら》いていて、それは、にぎやかだったものよ。」

なつかしそうに、母《かあ》さんは、古《ふる》い看板《かんばん》を見《み》あげています。

ゴトリと門《もん》のあく音《おと》がして、おばあちゃんが出《で》てきました。

「お帰《かえ》り、美音《みお》。」

「ただいま、お母《かあ》さん。長《なが》い間《あいだ》、すみませんでした。」

かたい表情《ひょうじょう》のまま、母《かあ》さんはいいました。

「麗音《れおん》と佑樹《ゆうき》ね。」

おばあちゃんは、麗音《れおん》と佑樹《ゆうき》に、順番《じゅんばん》に笑顔《えがお》をむけました。

「初《はじ》めまして、おばあちゃん。」

麗音《れおん》がいいました。佑樹《ゆうき》の顔《かお》は、きんちょうで、こわばっています。

「やっと会《あ》えたね。ふたりとも写真《しゃしん》で見《み》るより、ずっといい男《おとこ》だねえ。」

　おばあちゃんの顔《かお》に、いっぱいの笑《え》みがひろがります。佑樹《ゆうき》は、ほっと胸《むね》をなでおろしました。

「よろしくお願《ねが》いします。」

　元気《げんき》よくいいました。おばあちゃんは目《め》を細《ほそ》めて、佑樹《ゆうき》を見《み》つめます。

「きょうからは、ここが、おまえたちの家《いえ》だよ。さあ、おいで。」

　おばあちゃんは、佑樹《ゆうき》の手《て》をとりました。佑樹《ゆうき》の手《て》に、おばあちゃんのぬくもりがつたわってきました。

木立《こだ》ちから、きらきらと太陽《たいよう》の光《ひかり》がこぼれてきます。

庭《にわ》に、かわいい子《こ》ねこが、まよいこんできました。麗音《れおん》がミルクをあげると、子《こ》ねこは、小《ちい》さな舌《した》で、おいしそうに飲《の》みほしました。

銀色《ぎんいろ》のすずのついた首輪《くびわ》には、『くらのすけ』と書《か》いてあります。

「おまえ、くらのすけっていうんだ。ずいぶん、りっぱな名前《なまえ》だな。」

麗音《れおん》が、笑《わら》っていいました。佑樹《ゆうき》が背中《せなか》をなでると、くらのすけは、ミャーとあまえた声《こえ》で鳴《な》きました。

おばあちゃんに地図《ちず》をかいてもらって、麗音《れおん》と佑樹《ゆうき》は、くらのすけを家《いえ》まで送《おく》っていくことにしました。

町《まち》を通《とお》りぬけると、まわりは一面《いちめん》、緑《みどり》の田《た》んぼでした。

「きみのおうちは、どこなのかな。」

佑樹《ゆうき》が、いいました。くらのすけは、佑樹《ゆうき》の腕《うで》の中《なか》で、気持《きも》ちよさそうに、ねむっています。

「あ、あの家《いえ》みたいだな。」

麗音《れおん》は、用水路《ようすいろ》のむこうにある家《いえ》を指《ゆび》さしました。田《た》んぼをすべる風《かぜ》が、青《あお》い波《なみ》をたてていきます。

麗音《れおん》たちを見《み》つけて、達之進《たつのしん》がとびだしてきました。

「くらのすけだ！　兄《にい》ちゃん。くらのすけが見《み》つかったぞ。」

庭《にわ》で剣道《けんどう》の練習《れんしゅう》をしていた賢之介《けんのすけ》が、麗音《れおん》に歩《あゆ》みよります。

「きのうから、ずっと、さがしていたんだ。ありがとう。」

賢之介《けんのすけ》は、笑顔《えがお》でいいました。くらのすけは、佑樹《ゆうき》の腕《うで》から達之進《たつのしん》の腕《うで》へうつされ、そのまま、達之進《たつのしん》のひざの上《うえ》で、ねむっています。

「ねこの名前《なまえ》は、きみがつけたの。」

佑樹《ゆうき》は、くらのすけのそばにいたくて、達之進《たつのしん》に話《はな》しかけました。

「じいさまだよ。おれは達之進《たつのしん》で、兄《にい》ちゃんは賢之介《けんのすけ》。な、みんな、さむらいの名前《なまえ》みたいだろ。おまえ、名前《なまえ》は？　何年《なんねん》だ？」

話《はな》すたびに、達之進《たつのしん》のまゆが、大《おお》きくおどります。

「有沢佑樹《ありさわゆうき》、六年《ねん》だよ。お兄《にい》ちゃんの名前《なまえ》は麗音《れおん》で、中学《ちゅうがく》二年生《ねんせい》。」

佑樹《ゆうき》が答《こた》えると、達之進《たつのしん》のまゆが、また大《おお》きくおどりました。

「おれは六年《ねん》で、兄《にい》ちゃんが中学《ちゅうがく》二年《ねん》。やったね。友《とも》だちがふえたぞ。」

達之進《たつのしん》はうれしそうにいうと、佑《ゆう》樹《き》の腕《うで》に、くらのすけをのせました。

「よし。きょうから、友《とも》だちだ。ありちゃんとよぶぜ。」

「なんで、ありちゃんなの？」

くらのすけに、ほおずりしながら、佑樹《ゆうき》が聞《き》きました。

「有沢《ありさわ》だから、ありちゃん！」

達之進《たつのしん》は得意《とくい》そうに、指《ゆび》で、鼻《はな》の下《した》をこすりました。

「あした、むかえにいくからな。」

達之進《たつのしん》の頭《あたま》を、後《うし》ろから、賢之介《けんのすけ》が竹刀《しない》でコツンと打《う》ちました。

「いてえ！　兄《にい》ちゃん、なんだよ。」

「佑樹《ゆうき》くんがこまってるだろ。おまえは、強引《ごういん》なんだよ。」

「それが、おれのとりえだよ。」

達之進《たつのしん》は、胸《むね》をはっていいかえしました。賢之介《けんのすけ》も負《ま》けてはいません。

「いわれてみればそうか。それしかないか、おまえのとりえは。」

「ひでえよ、兄《にい》ちゃん。」

ゆかいなやりとりに、麗音《れおん》と佑樹《ゆうき》は、声《こえ》をあげて笑《わら》いました。

次《つぎ》の日《ひ》、達之進《たつのしん》がやってきました。

「カエルとりにいこうぜ。どっちがよくとぶか、競争《きょうそう》させるんだ。」

佑樹《ゆうき》の顔《かお》が、こわばりました。カエルは大《だい》の苦手《にがて》です。達之進《たつのしん》は、バシャバシャと小川《おがわ》に入《はい》っていきます。

「ありちゃん、ほら。」

佑樹《ゆうき》の顔《かお》の前《まえ》に、達之進《たつのしん》は大《おお》きなイボガエルをつきだしました。

「ギャーア！」

ひめいをあげて、佑樹《ゆうき》は、川《かわ》の中《なか》へひっくりかえりました。はずみで、達之進《たつのしん》も、川《かわ》の中《なか》です。

「カエルがきらいなら、そういえよ。」

達之進《たつのしん》は、まゆをはねあげました。

「あしたは、ありちゃんの好《す》きな遊《あそ》びをしようぜ。何《なに》がいい？」

達之進《たつのしん》にいわれて考《かんが》えますが、佑《ゆう》樹《き》には、思《おも》いつきません。

「なんにもないのか？」

達之進《たつのしん》は、信《しん》じられないような顔《かお》で、佑樹《ゆうき》を見《み》つめています。

「魚《さかな》つりは、どうかな。」

おずおずと、佑樹《ゆうき》はいいました。

「決《き》まりだ。いい場所《ばしょ》があるんだ。」

達之進《たつのしん》は、にっこり笑《わら》いました。

「ありちゃーん。」

達之進《たつのしん》は、空高《そらたか》く、つりざおをかかげています。

「じいさまが、おれとありちゃんのさおを、つくってくれたぞ。」

「すごいな、大崎《おおさき》くんのおじいちゃんは、なんでもつくれちゃうんだ。」

佑樹《ゆうき》がとても気《き》にいってくれたので、達之進《たつのしん》はうれしくなりました。

「ちょっと遠《とお》いけど、おれのひみつの場所《ばしょ》に、案内《あんない》するよ。」

達之進《たつのしん》は、ないしょ話《ばなし》をするように、声《こえ》をひそめていいました。

達之進《たつのしん》と佑樹《ゆうき》は、つりざおとバケツをかかえて、山《やま》の中《なか》へ入《はい》りました。

うす暗《ぐら》い森《もり》の中《なか》を、達之進《たつのしん》は、口《くち》ぶえをふきながら、どんどん歩《ある》いていきます。そのあとを、佑樹《ゆうき》は、息《いき》をきらしてついていきました。

「ついたぞ。ほら、ここだ。」

佑樹《ゆうき》は、目《め》を見《み》はりました。深《ふか》い緑色《みどりいろ》の沼《ぬま》が、きらきらと陽《ひ》の光《ひかり》を反《はん》射《しゃ》して、かがやいています。

「やった！　また、つれたぞ。」

佑樹《ゆうき》は、大喜《おおよろこ》びです。魚《さかな》がおもしろいように、さおにかかりました。

「ありちゃん。もう、帰《かえ》ろうぜ。」

達之進《たつのしん》が不安《ふあん》そうにいいました。

森《もり》の中《なか》には、いつのまにか、うすい闇《やみ》がおりてきています。

「大《おお》きな魚《さかな》が、つれそうなんだ。」

佑樹《ゆうき》は、動《うご》こうとしません。

夜《よる》になっても帰《かえ》らないふたりを心配《しんぱい》して、大崎家《おおさきけ》の庭《にわ》には、たくさんの人《ひと》が集《あつ》まってきました。

「消防団《しょうぼうだん》の三上《みかみ》さんにお願《ねが》いしたから、もう、だいじょうぶですよ。」

達之進《たつのしん》のお母《かあ》さんが、麗音《れおん》の母《かあ》さんを元気《げんき》づけるようにいいました。

森《もり》の暗《くら》さは、ぶきみでした。月《つき》が雲《くも》にかくれると、真《しん》の闇《やみ》となりました。佑樹《ゆうき》は泣《な》いてばかりです。

「ごめんね、大崎君《おおさきくん》。」

「どうってことないよ。」

達之進《たつのしん》は、涙《なみだ》をこらえました。暗《くら》やみに目《め》をこらすと、遠《とお》くから、小《ちい》さな灯《ひ》が近《ちか》づいてきます。

「おーい、タツ！」

「佑樹《ゆうき》！」

賢之介《けんのすけ》と麗音《れおん》の声《こえ》が聞《き》こえました。

「助《たす》かった！　兄《にい》ちゃーん。」

ふたりは大《おお》きな声《こえ》でさけびました。

「どうして、あんなあぶないところへいったの！　ちゃんというまで、食事《しょくじ》はさせません。いいなさい！」

母《かあ》さんが、こわい顔《かお》でにらんでいます。佑樹《ゆうき》は、おなかがすいて、目《め》がまわりそうでした。小《ちい》さな声《こえ》で答《こた》えました。

「お、大崎《おおさき》くんが、いこうって……。ぼく、いやだっていったのに……。」

「やっぱり、あの子《こ》なのね。」

母《かあ》さんは、うなずきました。となりの部屋《へや》で聞《き》いていた麗音《れおん》は、深《ふか》いため息《いき》をつきました。

「あなた、いやがる佑樹《ゆうき》を、むりやりつれていったんですってね。」

佑樹《ゆうき》をさそいにきた達之進《たつのしん》に、母《かあ》さんは、冷《つめ》たい声《こえ》でいいました。

「佑樹《ゆうき》は、もう、あなたのような悪《わる》い子《こ》とは遊《あそ》ばないそうよ。帰《かえ》って。」

達之進《たつのしん》は、佑樹《ゆうき》にうらぎられたと思《おも》いました。

「大崎《おおさき》くん！」

佑樹《ゆうき》が声《こえ》をかけると、達之進《たつのしん》は、

「おまえなんか、友《とも》だちじゃない！」

とさけびました。達之進《たつのしん》の目《め》は、涙《なみだ》で光《ひか》っていました。

走《はし》りさる達之進《たつのしん》を見《み》おくりながら、佑樹《ゆうき》は、青《あお》ざめています。

「きっと、母《かあ》さんがいっちゃったんだ。レオ、どうしたらいいのかな。」

佑樹《ゆうき》は、泣《な》きそうな顔《かお》で、麗音《れおん》を見《み》あげました。

「ねえ、レオ、どうしよう。」

「自分《じぶん》で考《かんが》えろよ。それが、タツへの礼儀《れいぎ》だ。自分《じぶん》の力《ちから》で、こえなきゃいけない、ハードルなんだよ。」

いつになくきびしい顔《かお》で、麗音《れおん》はいいました。佑樹《ゆうき》は、自分《じぶん》の言葉《ことば》の重《おも》さを、思《おも》いしりました。

佑樹《ゆうき》の家出《いえで》

白《しろ》い朝《あさ》もやの中《なか》を、佑樹《ゆうき》は駅《えき》へと急《いそ》ぎました。

（もう、古川《ふるかわ》には、いられない。北《きた》野《の》のおばちゃんに会《あ》いたいよ……。）

佑樹《ゆうき》は、古川駅《ふるかわえき》から新幹線《しんかんせん》に乗《の》り、横浜《よこはま》へとむかいました。

不安《ふあん》でいっぱいの佑樹《ゆうき》を、おばあさんはやさしくむかえてくれました。

「達之進《たつのしん》とは、りっぱな名前《なまえ》だこと。」

「性格《せいかく》も最高《さいこう》にいいんだ。」

佑樹《ゆうき》の声《こえ》に、力《ちから》が入《はい》ります。

「大事《だいじ》な大事《だいじ》な、友《とも》だちなのね。」

おばあさんが、たずねました。

「でも、もう終《お》わりだよ。一生《いっしょう》、ぜったい、ゆるしてもらえない……。」

「わたしなら、どうするかねえ。」

佑樹《ゆうき》は、涙《なみだ》でぬれた目《め》をあげて、おばあさんを見《み》ました。

「悪《わる》いことをしたと気《き》づいたら、心《こころ》をこめて、あやまるだろうねえ。」

おばあさんは、いいました。

「そうだよね、ぼくもあやまる。」

大《おお》きくうなずく佑樹《ゆうき》に、おばあさんは、やさしい笑顔《えがお》でこたえました。

その日《ひ》、佑樹《ゆうき》は、父《とう》さんのアパートにとまりました。父《とう》さんは、おそくまで、仕事《しごと》をしていました。

「障害《しょうがい》がある人《ひと》たちの作業所《さぎょうじょ》が古《ふる》くなってね。リフォーム用《よう》の図面《ずめん》をひいているんだよ。」

父《とう》さんがいいました。

「図面《ずめん》に、父《とう》さんの仕事《しごと》を喜《よろこ》んでくれる人《ひと》たちの顔《かお》が、うかんでくるんだよ。それが楽《たの》しくてね。」

「いいお仕事《しごと》してるんだね。」

佑樹《ゆうき》がいうと、父《とう》さんは笑《わら》って、大《おお》きくうなずきました。

良平《りょうへい》のお父《とう》さんが運転《うんてん》するトラックで、佑樹《ゆうき》は、古川《ふるかわ》まで送《おく》ってもらいました。助手席《じょしゅせき》には、良平《りょうへい》も乗《の》っています。

母《かあ》さんは、いらいらしながら、佑樹《ゆうき》の帰《かえ》りを待《ま》っていました。そんな母《かあ》さんに、佑樹《ゆうき》はいいました。

「ぼく、大事《だいじ》な用《よう》があるんだ。母《かあ》さんには、後《あと》であやまるよ。」

佑樹《ゆうき》の顔《かお》に、強《つよ》い意志《いし》があらわれています。おどろく母《かあ》さんの後《うし》ろで、

「佑《ゆう》ちゃん、よくいった！」

良平《りょうへい》が、ガッツポーズをしました。

佑樹《ゆうき》は、心《こころ》をこめて、達之進《たつのしん》にあやまりました。

「ごめんなさい。ぼく、母《かあ》さんがこわくて、うそをいったんだ。」

達之進《たつのしん》は、知《し》らん顔《かお》です。

「大崎《おおさき》くんには、助《たす》けてもらったのにね。自分《じぶん》が、はずかしいよ……。」

「タッチンとよべよな。」

達之進《たつのしん》がいいました。佑樹《ゆうき》が、顔《かお》をあげて、首《くび》をかしげます。

「おれのこと、タッチンとよべ。そしたらゆるしてやるよ。」

佑樹《ゆうき》の顔《かお》が、ほころびました。

遠《とお》くから祭《まつ》りのたいこが聞《き》こえてきます。町《まち》をあげての夏祭《なつまつ》りが、始《はじ》まりました。おばあちゃんと母《かあ》さんは、ごちそう作《づく》りに大《おお》いそがしです。賢之介《けんのすけ》が、美智子《みちこ》と可奈《かな》、義一《ぎいち》と芳夫《よしお》をつれてきました。達之進《たつのしん》も一《いっ》緒《しょ》です。

「なるほど。おまえが、タツ、か。」

良平《りょうへい》は、達之進《たつのしん》の顔《かお》を、まじまじと見《み》つめました。

「おれに似《に》て、すごくいいやつだって聞《き》いてるぜ。よろしくな。」

達之進《たつのしん》は、頭《あたま》をかきました。

夕日《ゆうひ》が、山《やま》やまの頂《いただき》を金色《きんいろ》にそめています。息《いき》をのむ美《うつく》しさでした。

「あの山《やま》の頂上《ちょうじょう》に立《た》ってみたいな。」

麗音《れおん》が、いいました。

「友情《ゆうじょう》のちかいに、いつかみんなで登《のぼ》ろうか。」

賢之介《けんのすけ》の提案《ていあん》に、芳夫《よしお》と義一《ぎいち》も手《て》をあげました。

「おれも登《のぼ》るぞ。仲間《なかま》にもうひとり、光《ひかる》って子《こ》も、入《い》れてくれ。」

良平《りょうへい》は、麗音《れおん》に笑《わら》いかけます。夕日《ゆうひ》が、麗音《れおん》のほおをバラ色《いろ》にそめて、しずんでいきました。

レオの涙《なみだ》

新学期《しんがっき》が始《はじ》まってすぐに、麗音《れおん》は、担任《たんにん》の坂本先生《さかもとせんせい》に、よびとめられました。

「有沢《ありさわ》くん、髪《かみ》、そめてるでしょ。校則《こうそく》で禁止《きんし》されてるのよね。」

「いえ、そめていません。生《う》まれてからずっと、この色《いろ》です。」

坂本先生《さかもとせんせい》は、たしかめるように、じっと麗音《れおん》の頭《あたま》を見《み》つめました。

「その色《いろ》だと、ごかいされるよ。黒《くろ》にそめたほうがいいわね。」

「でも、そめるの、禁止《きんし》ですよね。」

「黒《くろ》ならいいの。ちがう色《いろ》が入《はい》っていると、やりにくいのよ。」

それは、正《ただ》しいことではないと、麗音《れおん》は思《おも》いました。

「ひどいな、まちがってますよ。」

坂本先生《さかもとせんせい》は、まゆをあげました。

「あら、目立《めだ》つと、きみがこまるわよ。いじめのターゲットになるの、いやでしょ。」

いじめられないために、自分《じぶん》を消《け》しなさいというのです。麗音《れおん》は、おどろいて坂本先生《さかもとせんせい》を見《み》ました。

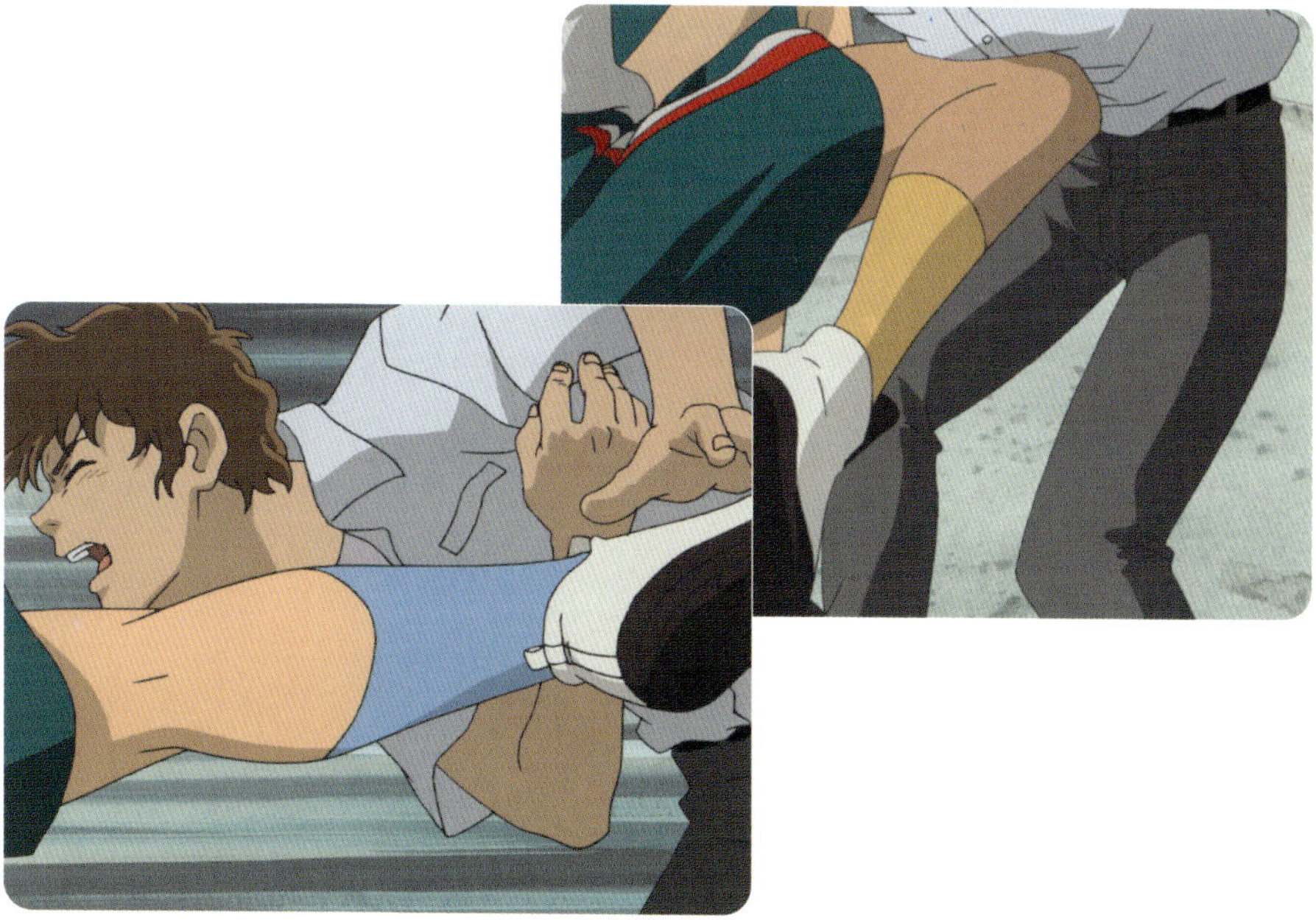

その日《ひ》の放課後《ほうかご》。麗音《れおん》は、三年生《ねんせい》の修《おさむ》や翼《つばさ》たちにとりかこまれました。

「バスケットボール部《ぶ》に入《はい》れ。」

命令《めいれい》するように修《おさむ》がいいます。麗音《れおん》がことわると、修《おさむ》はあごをしゃくって、翼《つばさ》に合図《あいず》しました。

翼《つばさ》は、いきなり麗音《れおん》の腹《はら》をけりました。あまりのいたさに、気《き》を失《うしな》いそうになりました。

「だれかにいったら、そいつも同《おな》じ目《め》にあわす。弟《おとうと》も、あぶないぞ。」

修《おさむ》がおどしました。麗音《れおん》は、修《おさむ》のいいなりになるしかありません。

「全員《ぜんいん》、ぼうずが決《き》まりだからな。」

麗音《れおん》の栗色《くりいろ》の髪《かみ》に、翼《つばさ》は、ハサミを入《い》れます。髪《かみ》の毛《け》が、バサバサと床《ゆか》に落《お》ちました。麗音《れおん》は、心《こころ》と体《からだ》のいたみに、必死《ひっし》でたえました。

毎日《まいにち》のようになぐられて、麗音《れおん》の体《からだ》はきずだらけになりました。

部室《ぶしつ》の前《まえ》で、坂本先生《さかもとせんせい》に会《あ》いました。坂本先生《さかもとせんせい》は、ハンカチをわたしていいました。

「だから、忠告《ちゅうこく》したでしょ。今《いま》さら相談《そうだん》されてもこまるからね。」

ざんこくな言葉《ことば》でした。

苦《くる》しい日《ひ》びを、麗音《れおん》は、ひとりでたえていました。

光《ひかる》のペンダントが、ただひとつの麗音《れおん》のささえでした。麗音《れおん》は、受話《じゅわ》器《き》をとりました。

「光《ひかる》、元気《げんき》か……。」

「うん、元気《げんき》よ。レオ、何《なに》かあったの？　声《こえ》がちがうよ。レオじゃないみたい。だいじょうぶ？」

光《ひかる》のやさしさに、麗音《れおん》は、こらえていた涙《なみだ》があふれてきました。

「ありがとう、元気《げんき》だから……。」

あとは、声《こえ》になりませんでした。

「タッチンが、レオのダンクシュートを見《み》たいっていうんだ。」

どうしてもという佑樹《ゆうき》のたのみを、麗音《れおん》はことわれませんでした。

柿《かき》の木《き》につけたゴールポストにシュートしようとして、麗音《れおん》はたおれてしまいます。

賢之介《けんのすけ》がとんできました。麗音《れおん》のめくれたシャツから、青《あお》いあざが見《み》えました。

「レオ、だれにやられた？」

麗音《れおん》はだまって、賢之介《けんのすけ》の手《て》をはらいのけました。

風《かぜ》が、ガタガタと窓《まど》をゆらします。

麗音《れおん》の背中《せなか》に、しっぷ薬《やく》をはりながら、佑樹《ゆうき》は泣《な》いています。

「レオも負《ま》けずにやっちゃえばいいのに。レオならできるのに……。」

佑樹《ゆうき》がいうと、麗音《れおん》は低《ひく》い声《こえ》で答《こた》えました。

「いじめは、けんかじゃないんだ。想像《そうぞう》する力《ちから》も、考《かんが》える力《ちから》もないやつらが、相手《あいて》なんだよ。」

麗音《れおん》の顔《かお》に、暗《くら》い影《かげ》が落《お》ちました。

ヒュウヒュウと、風《かぜ》が音《おと》をたててふきあれています。

「同《おな》じ人間《にんげん》なのかって、思《おも》うよ。まるで、こわれたマシンだよ。」

佑樹《ゆうき》の背中《せなか》を、冷《つめ》たい汗《あせ》が流《なが》れます。おそろしさに、体《からだ》がふるえました。

「賢之介《けんのすけ》にはいうなよ。こんな思《おも》い、おれだけでいい。」

「じゃ、先生《せんせい》に相談《そうだん》しようよ。」

佑樹《ゆうき》の提案《ていあん》を、麗音《れおん》は冷《ひ》ややかに笑《わら》いました。

「あてになるもんか。担任《たんにん》の坂本先生《さかもとせんせい》は、知《し》ってるのに、知《し》らん顔《かお》さ。」

「だったら、ぼく、父《とう》さんに、電話《でんわ》する。」

立《た》ちあがろうとする佑樹《ゆうき》を、麗音《れおん》は、強《つよ》い口調《くちょう》で制《せい》しました。

「ダメだ。がんばってる父《とう》さんに、心配《しんぱい》かけたくないんだ。だいじょうぶだよ。

いざとなったら、お兄《にい》ちゃんは強《つよ》いんだぞ。」

不安《ふあん》がる佑樹《ゆうき》に、麗音《れおん》は笑《わら》いながら、力《ちから》こぶをつくって見《み》せました。

(あした、ケリをつけよう。いつまでも、いいなりにはならない……。)

麗音《れおん》の顔《かお》に、決意《けつい》がみなぎります。

明《あ》け方《がた》、佑樹《ゆうき》は不吉《ふきつ》な夢《ゆめ》を見《み》ました。あわてて麗音《れおん》をさがします。

「母《かあ》さん、レオはどこ？」

「もう、学校《がっこう》へいったわよ。朝《あさ》の練《れん》習《しゅう》があるんですって。」

佑樹《ゆうき》は、胸《むな》さわぎがしました。急《いそ》いで、麗音《れおん》を追《お》いました。

「神様《かみさま》、どうぞ、レオをお守《まも》りください。ぼくの大切《たいせつ》なお兄《にい》ちゃんを、どうぞ、守《まも》ってください。」

佑樹《ゆうき》は、ひっしで走《はし》りました。

サイレンをならした救急車《きゅうきゅうしゃ》が、中《ちゅう》学校《がっこう》の方角《ほうがく》へと走《はし》りすぎました。

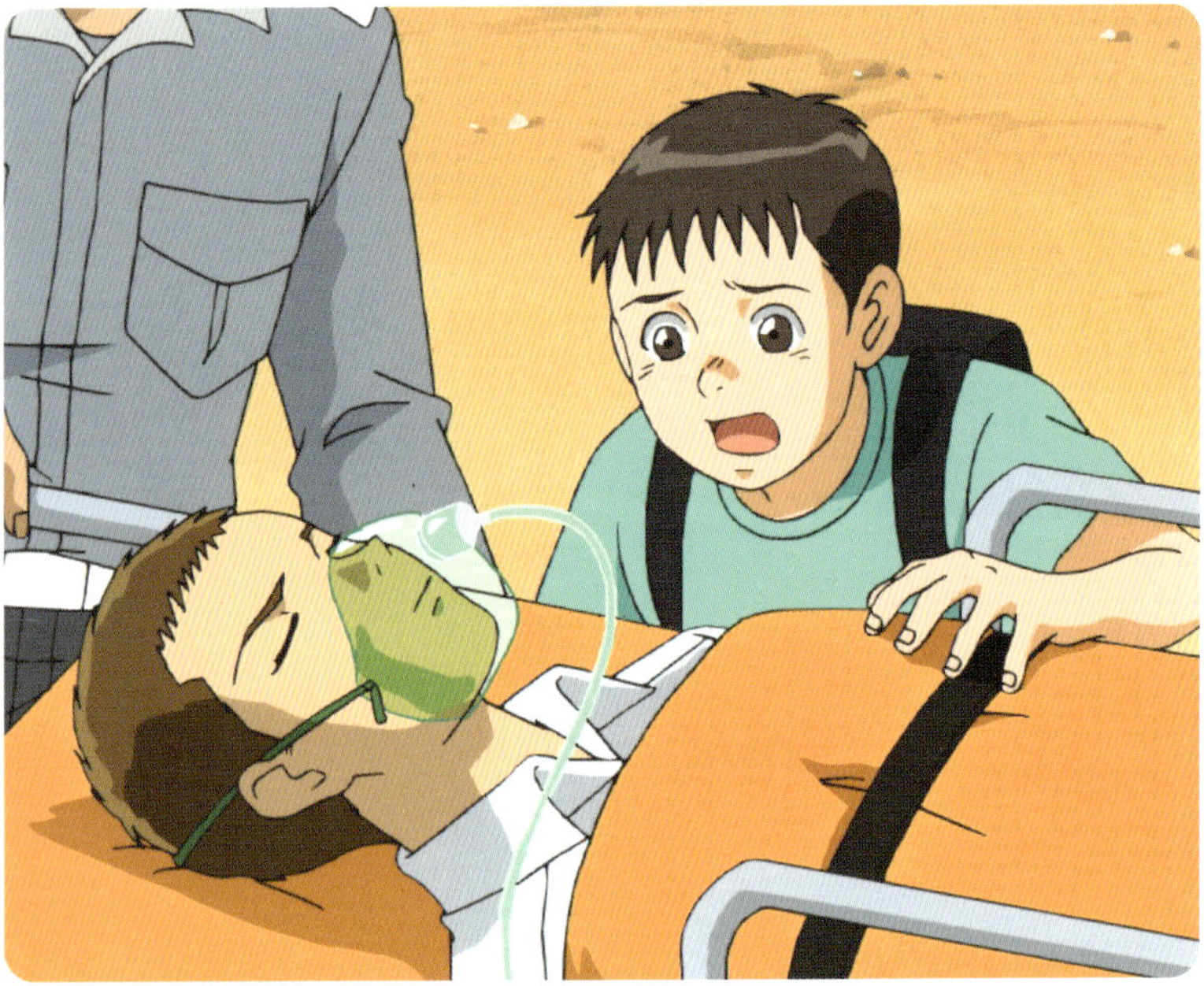

体育館《たいいくかん》のうらに、人《ひと》だかりがしています。ガクガクとひざがゆれて、佑樹《ゆうき》はたおれそうになりました。

「レオー!!」

タンカで運《はこ》ばれる麗音《れおん》に、佑樹《ゆうき》はしがみついて、泣《な》きさけびました。

教室《きょうしつ》で、坂本先生《さかもとせんせい》がいいました。

「有沢《ありさわ》くんが、体育館《たいいくかん》の非常階段《ひじょうかいだん》から落《お》ちて、危険《きけん》な状態《じょうたい》らしいわ。」

「おれのせいだ。あのとき、レオから、聞《き》きだせたはずだったんだ。」

賢之介《けんのすけ》は、ドンドンと机《つくえ》をたたいて泣《な》いています。

教室《きょうしつ》は、ざわざわとさわがしくなりました。坂本先生《さかもとせんせい》が、バンと音《おと》をたてて、出席簿《しゅっせきぼ》を置《お》きました。

「試験前《しけんまえ》の大事《だいじ》な時期《じき》なんだから、有沢《ありさわ》くんのことはわすれなさい。自《じ》分《ぶん》を大事《だいじ》にしなさいよ、わかった?」

坂本先生《さかもとせんせい》がいうと、義一《ぎいち》が、立《た》ちあがりました。

「自分《じぶん》を大事《だいじ》にするって、そんなことじゃないよ、先生《せんせい》。」

「そうだよ、ひどいよ。」

みんなの反発《はんぱつ》に、坂本先生《さかもとせんせい》はおこって、教室《きょうしつ》を出《で》ていきました。

本当《ほんとう》の勇気《ゆうき》

となりのおばさんと、達之進《たつのしん》と賢之介《けんのすけ》のお母《かあ》さんが、話《はな》していました。

「母親《ははおや》と、けんかばかりしていたらしいよ。」

「じゃ、自分《じぶん》でとびおりたんだね。」

お母《かあ》さんが聞《き》くと、となりのおばさんがいいました。

「子《こ》どもが死《し》にたがるなんて、母親《ははおや》が、悪《わる》いよ。」

麗音《れおん》のことだとわかりました。達之進《たつのしん》は、がまんなりません。

「でたらめ、いうなよ。ありちゃんのお母《かあ》さんが、かわいそうだろ。」

「タツ、だまりなさい。子《こ》どもにはわからないことなんだから。」

お母《かあ》さんがいいました。賢之介《けんのすけ》の顔《かお》は、いかりで赤《あか》くそまりました。

「お母《かあ》ちゃんたちがしてることは、いじめだよ。はずかしくないのか。」

賢之介《けんのすけ》のほおを、涙《なみだ》が流《なが》れおちました。

「たのむよ。おれの大事《だいじ》な友《とも》だちを、これ以上《いじょう》、傷《きず》つけないでくれ。」

お母《かあ》さんたちは、うなだれました。うわさは、麗音《れおん》の母《かあ》さんの耳《みみ》にも入《はい》りました。母《かあ》さんは、泣《な》きながら佑樹《ゆうき》にいいました。

「麗音《れおん》は、死《し》のうとしたのね。わたしが、悪《わる》い母親《ははおや》だから……。」

「ちがうよ、母《かあ》さん。レオは、生《い》きようと思《おも》ったんだよ。」

佑樹《ゆうき》は、母《かあ》さんの肩《かた》をだきました。

「正《ただ》しく生《い》きようと思《おも》ったから、レオは、たたかったんだよ。」

母《かあ》さんは、佑樹《ゆうき》を見《み》つめました。

「ぼくもたたかうよ、母《かあ》さん。レオとぼくを、応援《おうえん》してね。」

佑樹《ゆうき》は、心《こころ》の力《ちから》をふりしぼって、母《かあ》さんにいいました。

「わかったわ、母《かあ》さんもたたかう。あなたたちを、信《しん》じているもの。」

二年前《ねんまえ》に、麗音《れおん》にいわれた言葉《ことば》を、母《かあ》さんは、思《おも》いだしていました。

『ぼくを信《しん》じて……、一緒《いっしょ》にたたかって。ぼくの母《かあ》さんだろ……。』

今度《こんど》こそ、麗音《れおん》の思《おも》いにこたえたいと、母《かあ》さんは思《おも》いました。

知《し》らせを受《う》けて、父《とう》さんが、そして、良平《りょうへい》と光《ひかる》がかけつけました。麗《れ》音《おん》は、意識《いしき》をなくしたままです。

「佑《ゆう》ちゃん、レオにあったことを、ぜんぶ話《はな》してくれよ。」

良平《りょうへい》にいわれ、佑樹《ゆうき》は、すべてをうちあけました。いつのまにか、光《ひかる》や賢之介《けんのすけ》たちも、佑樹《ゆうき》の話《はなし》に聞《き》きいっています。

「くそう、ゆるせねえ。おまえ、なんで気《き》づかなかったんだよ。」

良平《りょうへい》は、そばにいた賢之介《けんのすけ》に、なぐりかかりました。

良平《りょうへい》に、何《なに》をいわれても、賢之介《けんのすけ》は、返《かえ》す言葉《ことば》がありませんでした。

美智子《みちこ》と可奈《かな》が、おそるおそるいいました。

「レオを、いじめていたのは、修《おさむ》くんと翼《つばさ》くんたちよ。わたしたち、知《し》っていたけど、こわくて……。」

ひどい、と光《ひかる》は思《おも》いました。

「知《し》っていて、何《なに》もしなかったのね。それって、みんなで、レオをいじめていたってことじゃないの！」

光《ひかる》のさけびに、みんなは、体《からだ》をかたくして、目《め》をふせました。

「ぼく、真実《しんじつ》を知《し》りたい。そんで、レオをいじめた人《ひと》には、ちゃんとあやまってもらいたいんだ。」

佑樹《ゆうき》がいいました。みんなは、顔《かお》をあげて、佑樹《ゆうき》を見《み》ました。

「それが答《こた》えだね。よし、やろう。」

賢之介《けんのすけ》が、立《た》ちあがりました。

「おれたちも、ハードルをこえよう。大人《おとな》が、ふたをしようとしている真《しん》実《じつ》をあけよう。」

みんなは、大《おお》きくうなずきました。

修《おさむ》の家《いえ》へいくとちゅうで、馬場《ばば》先《せん》生《せい》に会《あ》いました。

賢之介《けんのすけ》は、自分《じぶん》たちの考《かんが》えを、馬《ば》場《ば》先生《せんせい》に話《はな》しました。

「そうだったのか……。有沢《ありさわ》に、もうしわけないことをしたな。」

「これから、修《おさむ》くんの家《いえ》にいこうと思《おも》うんです。」

可奈《かな》がつづけました。馬場先生《ばばせんせい》はみんなの顔《かお》を見《み》まわします。

「わたしもいこう。きみたちと一緒《いっしょ》に答《こた》えをさがそう。」

力強《ちからづよ》い馬場先生《ばばせんせい》の声《こえ》に、みんなは勇気《ゆうき》づけられました。どんなハードルでも、こえられそうに思《おも》いました。

修《おさむ》は、家《いえ》の中《なか》であばれまくっていました。修《おさむ》をさがして二階《かい》にあがった佑樹《ゆうき》は、大《おお》きな声《こえ》でさけびました。

「レオに、あやまってよ！」

修《おさむ》は、目《め》をむきました。

「うるせえ！」

持《も》っていたラジカセを、投《な》げつけます。身《み》をかわそうとした佑樹《ゆうき》は、階段《かいだん》から落《お》ちそうになりました。

佑樹《ゆうき》の姿《すがた》が、麗音《れおん》とかさなります。

「ゆるしてくれー、有沢《ありさわ》ー！」

修《おさむ》は泣《な》きながら、しっかりと佑樹《ゆうき》の手《て》をつかみました。

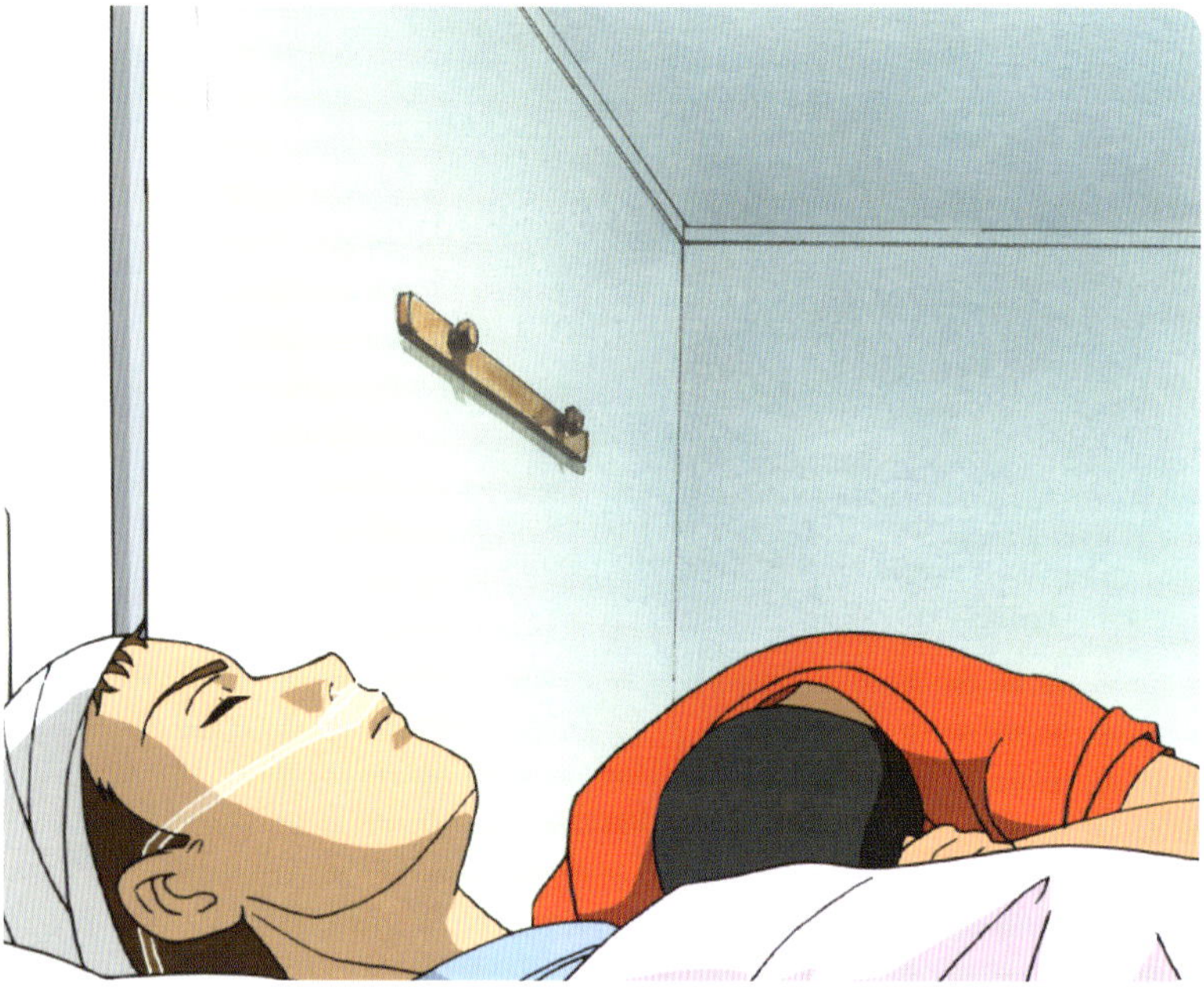

病院《びょういん》にきた修《おさむ》になぐりかかろうとした父《とう》さんを、母《かあ》さんがとめました。

佑樹《ゆうき》が、修《おさむ》の背中《せなか》をおしました。

「ごめん、有沢《ありさわ》……。ゆるしてくれ。」

修《おさむ》はひざまずいて、麗音《れおん》にあやまりました。父《とう》さんは、ふるえる声《こえ》でいいました。

「自分《じぶん》のしたことを、受《う》けとめろよ。わたしの息子《むすこ》を傷《きず》つけ、家族《かぞく》を苦《くる》しめ、友人《ゆうじん》たちを泣《な》かせた行為《こうい》を、しっかりと心《こころ》にきざむんだぞ。」

修《おさむ》は、大《おお》きな体《からだ》をおりまげて、声《こえ》をあげて泣《な》きました。

佑樹《ゆうき》は心《こころ》の中《なか》で語《かた》りかけました。

レオ、見《み》て……。

レオが、ひとりぼっちで始《はじ》めたたたかいは、ぼくらがひきついだよ。

いじめをやめようと、みんなが立《た》ちあがったんだ。

正《ただ》しく生《い》きようとしたレオの勇気《ゆうき》が、ぼくたちに、ハードルをこえる翼《つばさ》をくれたんだね。

さあ、レオ……。今度《こんど》は、レオの番《ばん》だよ、目《め》をあけて……。

ぼくたちのところへ、こえてきてよ、ハードルを……。

この本は、長編アニメーション映画「ハードル」をもとにつくられました。

◆長編アニメーション映画「ハードル」製作・協力スタッフ◆

製作／鳥居明夫・金澤龍一郎
小室皓充・久保田正明
出崎　哲・中野士朗
吉田尚剛

原作／青木和雄・吉富多美
『ハードル　真実と勇気の間で』
（金の星社・刊）

監督／出崎　哲
脚本／小出一巳・末永光代
キャラクターデザイン／
四分一節子
絵コンテ／四分一節子
アニメーション演出／棚橋一徳

総作画監督／小林ゆかり
作画監督／小林ゆかり・
松坂定俊・山本径子
美術監督／小林七郎
色彩設計／西川裕子
撮影監督／岡崎英夫
音楽／中島優貴
音響監督／清水勝則
制作プロデューサー／三上鉄男

アニメーション制作／
マジックバス

● 主題歌／「なにもない」　挿入歌／「～風まかせ～」●
歌／ゆず（北川悠仁／岩沢厚治）セーニャ・アンド・カンパニー

● 製作／長編アニメーション映画「ハードル」製作委員会 ●

株式会社 シネマとうほく
テレビ東京メディアネット
有限会社 インディーズ
株式会社 ティアンドケイテレフィルム
株式会社 マジックバス
TVI テレビ岩手
アミューズメントメディア総合学院

● 製作協力 ●

アニメ「ハードル」をつくる古川・大崎・みやぎの会
アニメ「ハードル」をつくる横浜・かながわの会
古川市 ／ 横浜市

● 後援 ●

法務省人権擁護局
全国人権擁護委員連合会
財団法人 人権擁護協力会

●原作● 青木和雄（あおき かずお）

横浜生まれ。早稲田大学卒業。専攻は心理学。横浜市教育委員会指導主事、横浜市立小学校長等を経て、教育カウンセラー、法務省人権擁護委員（神奈川県子どもの人権専門委員長）、保護司。現在いじめや児童虐待に関する相談、指導にあたっている。著書に『ハードル』『ハートボイス』『イソップ』『ＨＥＬＰ！』（金の星社）。

●文● 吉富多美（よしとみ たみ）

山形県新庄市に生まれる。著書に『アニメ版ハッピーバースデー』『リトル・ウイング』、共同執筆作品に『イソップ』（金の星社）などがある。

アニメ版 ハードル

二〇〇四年三月　初版発行

原作／青木和雄
文／吉富多美
発行／(株)金の星社
〒一一一-〇〇五六　東京都台東区小島一-四-三
電話／〇三(三八六一)一八六一
FAX／〇三(三八六一)一五〇七
振替／〇〇一〇〇-〇-六四六七八
製版／(株)光明社
印刷／熊谷印刷(株)
製本／東京美術紙工

乱丁落丁本は、ご面倒ですが小社販売部宛にご送付ください。送料小社負担でお取り替えいたします。

NDC913／95p／21.5cm／ISBN4-323-07042-X

Published by KIN-NO-HOSHI SHA, Tokyo Japan.
http://www.kinnohoshi.co.jp